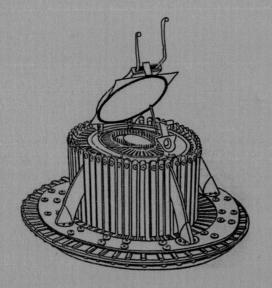

CUENTO
DE LUZ

Para Ariel,

mi amor, mi compañero de camino y el mejor papá del planeta.
Que podamos inspirarnos cada día el uno al otro,
para hacer crecer lo más bello que llevamos dentro.

La sombrería mágica

© 2016 del texto e ilustraciones: Sonja Wimmer
© 2016 Cuento de Luz SL
Calle Claveles, 10 | Urb. Monteclaro | Pozuelo de Alarcón | 28223 | Madrid | Spain
www.cuentodeluz.com

ISBN: 978-84-16078-93-6

Impreso en China por Shanghai Chenxi Printing Co. Ltd., enero de 2016, tirada número 1546-1

FSC
www.fsc.org
MIXTO
Papel procedente de
fuentes responsables
FSC® C007923

La Sombrerería Mágica

Sonja Wimmer

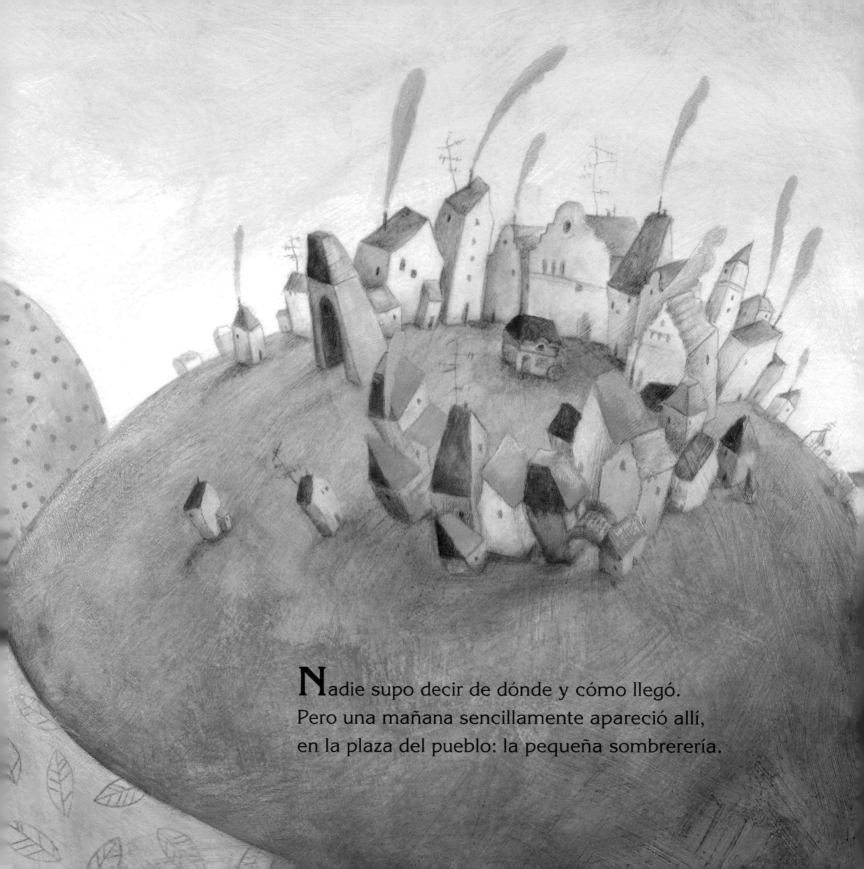

Nadie supo decir de dónde y cómo llegó.
Pero una mañana sencillamente apareció allí,
en la plaza del pueblo: la pequeña sombrerería.

—¿Quién necesita aquí sombreros? —preguntaban
algunos vecinos.
Mientras otros comentaban:
—¡Qué malos modales! Presentarse así, de esa
manera...

Miraban de reojo la tienda y mantenían la distancia,
desconfiando de todo lo que pudiese amenazar
la tranquila rutina de la comunidad.

El primero que se atrevió a entrar fue precisamente un joven al que todos llamaban Miguelito Miedoso, porque era tan tímido que nunca hablaba con nadie y parecía hacer un constante esfuerzo por pasar desapercibido.

Cuando reapareció por la puerta, un rato más tarde,
llevaba en la cabeza un hermoso sombrero.
¡Y no solo eso! De alguna manera se le veía diferente.

Si antes escondía la cabeza entre los hombros, con
la mirada clavada en el suelo, ahora parecía haber
crecido varios centímetros. Caminaba recto, con el
mentón levantado, y hasta saludaba a la gente en la
plaza, que lo miraba con sorpresa.

Poco a poco, los habitantes del pueblo
se animaron a entrar a la pequeña
tienda. Al principio lo hicieron por pura
curiosidad y de forma disimulada.
Sin embargo, al salir, todos llevaban un
sombrero nuevo y estaban, de alguna
manera, maravillosamente cambiados.

Por el pueblo empezó a correr la voz de
que aquellos sombreros eran mágicos,
porque despertaban las cualidades
más bellas de sus portadores y hacían
desaparecer sus sombras.

La triste Hermina ya casi no se acordaba de cómo sonreír por falta de práctica. Sin embargo, desde que se puso su nuevo sombrero, abrazaba cada día con alegría y contagiaba a todo el mundo su felicidad.

La nueva galera de Paco Tacaño
hizo que su portador, que nunca
había gastado ni un pensamiento en
los demás, dejara ahora siempre la
puerta de su casa abierta.

Todo aquel que quisiese entrar
estaba invitado a tomar una taza de
té, compartir sus preocupaciones o
sencillamente pasar un buen rato.

Hasta el alcalde hizo un hueco
en su apretada agenda para
conocer a ese misterioso
sombrerero.

De él se decía que nunca
pronunciaba ni una sola
palabra, pero sabía escuchar
atentamente a sus clientes
hasta encontrar el sombrero
perfecto para cada uno
de ellos.

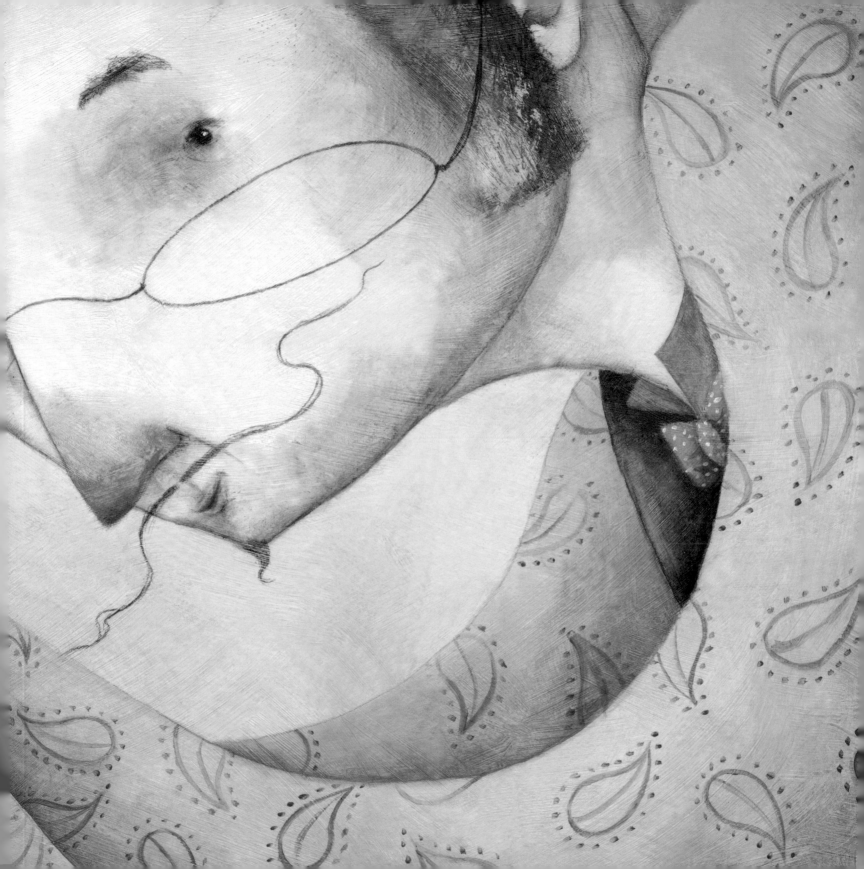

El alcalde, que se creía el mejor entre todos los habitantes del pueblo y el más interesante con diferencia, se hacía llamar el Gran Yolindo. Una mañana, después de conversar un buen rato con el sombrerero e informarlo por supuesto de sus numerosas virtudes y algunas cosas más, el Gran Yolindo finalizó su discurso preguntando:

—¿No tendrá usted un sombrero digno de una celebridad como yo?

El sombrerero, que, como de costumbre,
escuchaba atentamente a todos sus clientes,
le guiñó un ojo y asintió con la cabeza.

Poco después, el Gran Yolindo salía muy feliz
de la tienda. De alguna manera ya no se
encontraba tan maravilloso como él se creía,
pero se encontraba diferente y muy cómodo
con su nuevo sombrero.

No cabía duda de que la vida había
mejorado mucho en el pueblo desde
la llegada del misterioso y silencioso
sombrerero con su tienda mágica.

La gente ya no quería quitarse
sus sombreros. Los llevaban por
la calle, en casa, cuando comían
y cuando se besaban. No se los
quitaban ni para dormir, ni para
ducharse.

Pero un día, una terrible tormenta
sacudió el pueblo. Un viento feroz
arrastró las hojas de los árboles y
arrebató a la gente sus sombreros,
para no devolvérselos nunca jamás.

Al alba, cuando la calma regresó a las calles,
los habitantes se dieron cuenta de que el
viento, en su baile salvaje, se había llevado
no solo todos los sombreros, sino también
la pequeña tienda. Lo único que quedó
del sombrerero fue su bombín.

Un largo silencio se extendió como una
espesa niebla entre los ciudadanos.
¿Qué iba a ser de ellos ahora? Se sentían
desnudos y débiles sin sus sombreros.

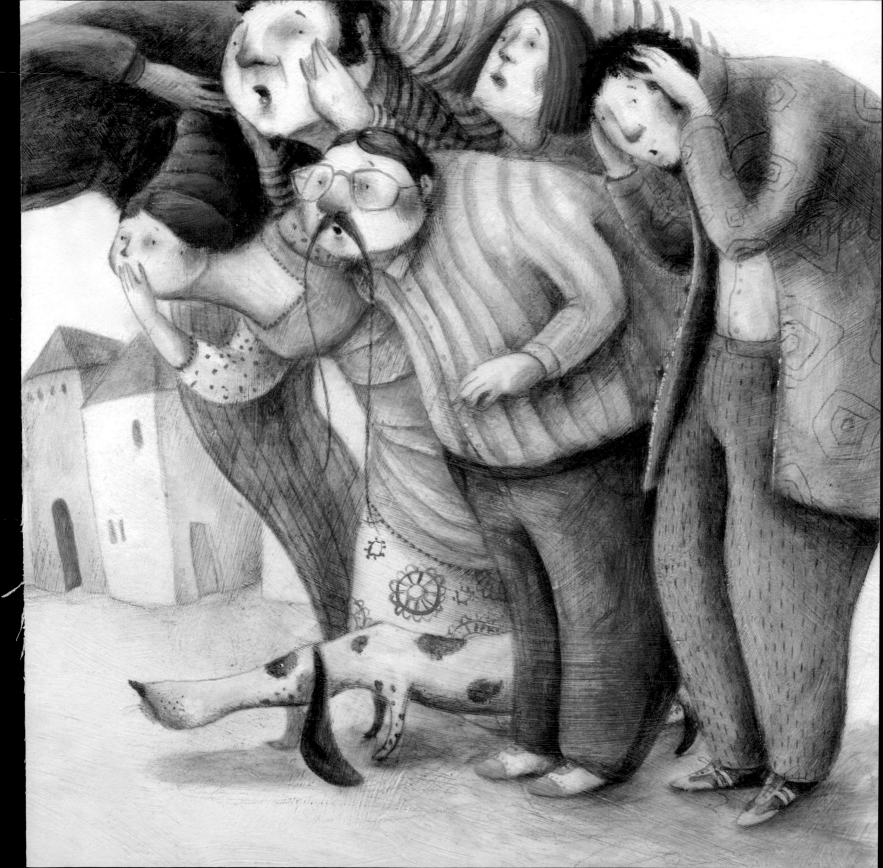

—Yo ya no quiero volver a ser miedoso —dijo Miguelito de repente—. ¡No necesitamos un sombrero mágico para convertirnos en la persona que realmente queremos ser!

—¡Qué valiente eres! ¡Serías mucho mejor alcalde que yo! —exclamó el Gran Yolindo con humildad.

Paco Tacaño añadió:

—¡Y si nos ayudamos los unos a los otros lo vamos a lograr!

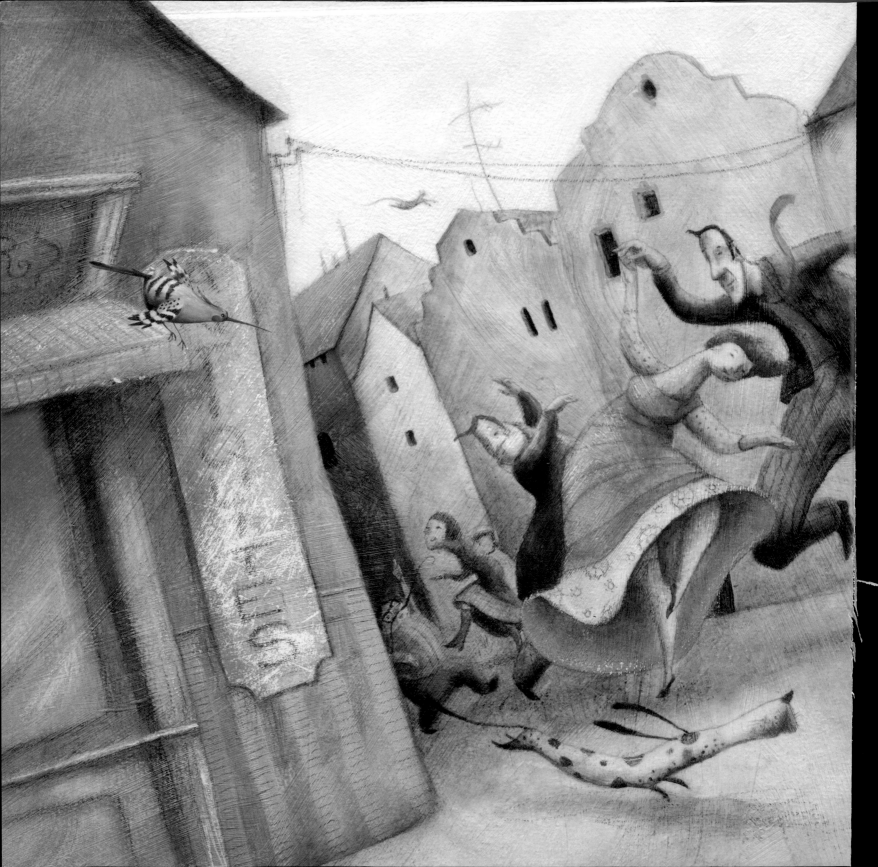

La triste Hermina, que ya no tenía nada de triste,
sacó a Miguelito, que ya no tenía nada de miedoso,
a bailar y, poco después, todo el pueblo estaba
cantando y saltando por las calles.

En cuanto al sombrerero, nunca se supo
lo que fue de él.

Unos decían que el viento se lo había
llevado junto a su pequeña tienda.

Otros creían que había desaparecido
misteriosamente dentro de su bombín,
para reaparecer en otro lugar y vender
allí, de nuevo, sus mágicos sombreros.